MW01251816

Petits dîners entre amis

Claude C. Kiejman et Catherine Lamour

Petits dîners
entre amis

Menus pour recevoir sans se lever de table

Photographies de Jérôme Odouard

Crédits photo pour la vaisselle et les accessoires:
Galeries Lafayette Maison
Habitat
Bodum
BHV

Remerciement:
Un grand merci à Anne-Cécile Fichaux pour son aide
à la préparation des plats et ses nombreux conseils.

Sommaire

Avant-propos

Recevoir des amis devrait être un moment de détente et de plaisir. Or, lorsqu'on a une vie professionnelle intense, c'est souvent l'angoisse qui s'installe dès l'invitation joyeusement lancée au téléphone: «On ne se voit plus, venez donc dîner à la maison mercredi!»

Quel menu composer? quand faire les courses? etc. Recevoir, c'est une épreuve: il faut préparer le dîner, on passe la soirée dans la cuisine et on ne profite pas de ses amis! Sans compter qu'il est tout aussi agaçant pour les convives de côtoyer une chaise vide.

Pourtant, pas question de renoncer aux dîners entre amis!

Ces menus devraient vous éviter de perdre des heures à composer votre repas en fonction des circonstances. Ils peuvent être aisément adaptés selon vos goûts, vos connaissances culinaires et les produits disponibles sur le marché. Et, surtout, selon le temps dont vous disposez.

Nous avons volontairement simplifié l'énoncé des recettes pour qu'elles soient réalisables par les moins expérimenté(e)s. Tous ces menus ont été conçus et élaborés pour que le plaisir des invités soit partagé par celui ou celle qui reçoit. Il ou elle ne se lèvera plus de table une fois le dîner commencé et partagera pleinement la convivialité de la réunion jusqu'au café. Une gageure…

Nous avons pensé aux dîners simples et amicaux «vite faits bien faits», mais aussi aux dîners privés à vocation professionnelle, sans oublier les plats exotiques pour les invitations du week-end.

Et maintenant, à vous de jouer. Il y a dans les pages qui suivent tout ce qu'il faut pour réussir ce pari: faire plaisir à vos amis mais aussi à vous-même, en gardant les pieds sous la table!

À l'italienne

Risotto au poulet

Thon à la purée de tomates
et de poivrons

Tiramisu

Risotto au poulet

Préparation
30 mn

Cuisson
20 mn

Pour 8 personnes
750 g de riz italien,
2 cuisses de poulet,
2 oignons,
ail,
huile d'olive,
bouillon (de bœuf
ou de poule),
1 verre de vin blanc,
bouquet garni,
persil,
sel,
poivre,
parmesan,
(safran)

Très agréable comme plat d'ouverture, on le trouve assez peu souvent dans les menus. C'est pourtant une préparation simple. Mais il faut le déguster dès sa sortie du feu. On le prévoira donc plutôt pour les dîners amicaux, où l'on peut bavarder dans la cuisine tout en terminant sa cuisson.

Faire blanchir les oignons émincés dans un peu d'eau jusqu'à ce qu'ils soient souples. Les égoutter et les remettre sur le feu jusqu'à ce que toute trace d'eau ait disparu (mais sans les laisser roussir). Ajouter 3 cuillerées d'huile d'olive. Chauffer. Mettre le riz et remuer jusqu'à ce qu'il soit transparent.

Ajouter le bouillon de bœuf. Il doit couvrir le riz, plus l'équivalent d'une main posée à plat sur le riz. Ajouter l'ail pressé, le poivre, le sel, le bouquet garni de toutes les herbes que l'on veut (avec persil) et le vin blanc. Remuer souvent.

Faire cuire le poulet à la poêle.

Cinq minutes avant la fin de la cuisson, ajouter le poulet découpé en tout petits morceaux. Au moment de servir, parsemer d'une bonne poignée de persil haché très fin.

Servir avec du parmesan à côté.

(On peut «jaunir» le riz pendant la cuisson en ajoutant une pincée de safran en poudre.)

Thon à la purée de tomates et de poivrons

Préparation
20 mn

Cuisson
10 à 20 mn

Pour 8 personnes
8 tranches de thon
de 150 g chacune
au moins,
2 kg de tomates,
3 poivrons verts,
3 gousses d'ail,
thym,
beaucoup de persil
et de coriandre fraîche,
sel,
poivre

Cuire les tomates au four, sans matière grasse, avec du thym. Une fois cuites, les égoutter pour en faire sortir l'eau et les passer. Faire cuire de la même façon les poivrons et les émincer très finement. Puis faire une purée des tomates et des poivrons, ajouter l'ail, poivrer et saler.

Dans un plat allant au four, étaler un peu de cette purée et poser dessus les tranches de thon.

Faire cuire 10 à 20 minutes selon que l'on aime le poisson plus ou moins cuit. Quelques instants avant la sortie du four, couvrir le thon avec les restes de la purée.

Laisser refroidir et, avant de mettre au réfrigérateur, disposer sur le dessus une grosse quantité de persil et de coriandre fraîche.

Tiramisu

Préparation
30 mn

**Repos au
réfrigérateur**
30 mn

Pour 8 personnes
600 g de mascarpone
(sorte de fromage
blanc en boîte
plastique à acheter
dans les bonnes
épiceries),
12,5 cl de café noir,
100 g de sucre glace,
2 cuillerées de liqueur
(cognac),
biscuits à la cuillère,
4 cuillerées de cacao
en poudre,
4 à 6 œufs

Séparer le blanc et le jaune des œufs. Dans un grand plat creux, étaler les biscuits et les imbiber de café.

Préparer une crème avec les jaunes d'œuf, le sucre glace et la liqueur, y ajouter le mascarpone. Battre les blancs d'œuf en neige et les ajouter à la crème préparée précédemment.

Mettre 3 couches alternées de biscuits et de crème. Laisser au réfrigérateur pendant une demi-heure.

Saupoudrer abondamment de cacao en poudre avant de servir.

Sucré-salé

Salade à l'orange

Rôti de porc froid au cumin et ananas

Pommes au four

Salade à l'orange

Préparation
5 mn

Pour 8 personnes
salade romaine,
petite boîte de maïs,
4 pommes,
3 branches de céleri,
jus de citron,
3 pamplemousses,
4 oranges,
mayonnaise,
liqueur à l'orange

Laver et égoutter la romaine.

Couper pommes et céleri en dés, pamplemousses et oranges en tranches, ajouter le maïs et arroser de jus de citron.

Tapisser le saladier avec les feuilles de la romaine. Placer au centre le reste des fruits et légumes.

Accompagner d'une mayonnaise allongée d'un peu de liqueur à l'orange.

Rôti de porc froid au cumin et ananas

Préparation
15 mn

Cuisson
2 h

Pour 8 personnes
rôti de porc dans le
filet (1,8 kg),
moutarde,
4 ou 5 oignons,
1/2 ananas frais
ou 1 boîte d'ananas
(ou pruneaux),
cumin,
sel et poivre,
1 cuillerée à soupe
de vinaigre,
ail

Faire revenir rapidement le rôti de porc aillé modérément dans une cocotte avec les oignons émincés. Baisser le feu, saler, poivrer, couvrir de moutarde et de cumin, arroser de jus d'ananas, ajouter le vinaigre. À mi-cuisson, ajouter les morceaux d'ananas.

Cuire encore une heure en retournant tous les quarts d'heure. Laisser refroidir avant de mettre au réfrigérateur.

Entre-temps, on a fait frire au beurre des rondelles d'ananas qui serviront à décorer la viande coupée en tranches au moment de servir.

Ce plat peut se préparer de la même façon avec des pruneaux ou se manger chaud.

Pommes au four

Préparation
10 mn

Cuisson
20 mn

Pour 8 personnes
8 pommes de
grosseur moyenne,
100 g de raisins secs,
2 cuillerées à soupe
de rhum,
100 g d'amandes ou de
noix hachées
grossièrement,
8 morceaux de sucre,
quelques dés de
beurre,
gelée de groseille
(ou de fraise),
(glace à la vanille)

Faire tremper les raisins secs dans le rhum.

Laver les pommes et ôter le cœur à l'aide d'un vide-pomme, ou d'un couteau économe. Glisser un morceau de sucre dans la cavité.

Mélanger les raisins imbibés et les amandes hachées et en remplir les pommes.

Les placer dans un plat allant au four, chaque pomme posée sur une tranche de pain (ou un toast) beurrée.

Passer 15 à 20 minutes dans le four préchauffé.

Servir avec de la gelée de groseille ou de fraise ou encore avec une boule de glace à la vanille.

So chic!

Salade de haricots verts,
petits carrés de foie gras
& lamelles de coquilles Saint-Jacques

Blancs de poulet au chutney

Poires au vin

Salade de haricots verts, petits carrés de foie gras & lamelles de coquilles Saint-Jacques

Préparation
10 mn

Pour 8 personnes
haricots verts,
foie gras,
chair de coquilles
Saint-Jacques
(2 noix par personnes),
vinaigrette

Les lamelles de coquilles Saint-Jacques doivent être crues ou à peine cuites (quelques secondes à la poêle dans un tout petit peu de beurre) pour qu'elles restent légèrement craquantes.

La vinaigrette ne doit pas être trop relevée pour bien apprécier le goût subtil du foie gras et de la saint-jacques. On peut, bien sûr, choisir de ne mettre que du foie gras ou des coquillages.

Blancs de poulet au chutney

Préparation
10 mn

Pour 8 personnes
2 poulets froids (ou 1 à
2 blancs de poulet par
personne),
quelques feuilles
de salade,
2 pots de chutney
à la mangue
(un doux et un fort),
(ou mayonnaise au
ketchup)

Une façon originale d'accommoder le poulet froid, souvent fade.

Le détailler en morceaux égaux, ni trop gros ni trop petits. Les disposer sur un plat garni de feuilles de salade.

Servir avec les chutneys à la mangue. Pour ceux qui n'aiment pas le chutney, prévoir des citrons (jaunes et verts) ou une mayonnaise agrémentée d'un peu de ketchup.

Poires au vin

Cuisson
20 mn

**Repos au
réfrigérateur**
quelques heures

Pour 8 personnes
Poires (conférence de
préférence, I à 2 par
personne),
bordeaux,
écorce d'orange,
sucre,
citron,
cannelle,
clous de girofle,
noix de muscade

Mettre à cuire les poires à feu doux pendant 20 minutes dans l'équivalent de deux verres de vin de Bordeaux.

Ajouter l'écorce d'orange, le sucre, le citron, la cannelle, les clous de girofle et la noix de muscade. Goûter et assaisonner plus ou moins selon votre convenance.

Les laisser reposer ensuite au réfrigérateur quelques heures.

Coup de frais

Velouté glacé à l'avocat

Terrine de lotte
& courgettes froides à l'estragon

Figues au coulis de framboises

Velouté glacé à l'avocat

Préparation
20 mn

Repos au réfrigérateur
3 ou 4 heures

Pour 8 personnes
4 ou 5 avocats,
300 g de crème
fraîche,
1 bouquet
de cerfeuil haché,
1 cuillerée
d'estragon haché,
1 l de bouillon
de volaille,
sel, poivre,
1 à 2 cuillerées de
tabasco

Mixer la chair des avocats avec la crème fraîche, le cerfeuil haché et l'estragon. Ajouter le bouillon, le sel, le poivre et le tabasco.
Faire glacer au réfrigérateur 3 ou 4 heures.
Servir en tasses avec des petits croûtons.

Terrine de lotte & courgettes froides à l'estragon

À préparer la veille

Préparation
15 mn + 10 mn

Cuisson
50 mn + 5 à 10 mn

Pour 8 personnes
1,5 kg de lotte,
8 œufs,
1 petit pot de
concentré de tomates,
sel, poivre de Cayenne,
estragon et thym,
1/2 verre à liqueur
d'armagnac,
1 court-bouillon,
1 citron,
petites tomates rondes,
tranches de
concombre,
salade verte

**Courgettes à
l'estragon**
courgettes,
beurre,
sel, poivre,
estragon,
(ail)

Faire bien préparer la lotte par le poissonnier en enlevant la deuxième peau grise.

Cuire environ 10 minutes dans un court-bouillon bien citronné. Retirer et bien égoutter dans un torchon. Sortir l'os et couper la lotte en morceaux longs et fins.

Battre les œufs en omelette, y ajouter le concentré de tomates, sel et poivre de Cayenne, armagnac.

Dans un moule à cake à peine beurré, placer la lotte déjà refroidie et la recouvrir de ce mélange. Cuire à four moyen et au bain-marie environ 40 minutes. Vérifier la cuisson avec un couteau. Lorsque c'est prêt, laisser refroidir et mettre au réfrigérateur. Pour démouler, faire tremper le plat 1 minute dans l'eau chaude.

Servir la terrine, décorée de petites tomates rondes, de tranches de concombre, de rondelles de citron et de feuilles de salade verte.

Courgettes froides à l'estragon

Couper les courgettes en tranches sans enlever la peau. Les faire cuire tout doucement dans une sauteuse avec un peu de beurre jusqu'à ce qu'elles soient bien molles, presque fondantes (5 minutes à la cocotte-minute). Saler, poivrer. Laisser refroidir.

Enlever l'eau s'il y en a. Assaisonner d'estragon hors du feu. On peut aussi ajouter une pointe d'ail haché.

Figues au coulis de framboises

Préparation
5 mn

Pour 8 personnes
figues (environ 2 figues
par personne),
framboises

Prendre des figues bien mûres, les fendre en croix. Faire le coulis de framboises. Le verser sur chaque figue, puis disposer quelques framboises autour.

Coulis : dans une passoire très fine, écraser des framboises très mûres avec une cuillère en bois. Ainsi les grains de la framboise restent dans la passoire et le coulis est plus doux. Ça se fait très vite.

Tout cru !

Gaspacho à l'andalouse
Carpaccio de poissons marinés à l'aneth
Pêches Melba

Gaspacho à l'andalouse

Préparation
20 mn

Pour 8 personnes
1 concombre,
2 kg de tomates,
2 poivrons
(un rouge, un jaune),
2 oignons,
4 gousses d'ail,
200 g de mie de pain,
3 citrons,
4 cuillerées à soupe
d'huile d'olive,
feuilles de basilic,
sel et poivre

Épépiner les tomates. Dans un mixeur, mettre 1/2 concombre, 3/4 des tomates, 1/2 poivron jaune, 1/2 poivron rouge (retirer la peau des poivrons), les oignons, l'ail, la mie de pain, l'huile d'olive, le jus des citrons, saler, poivrer. Si le liquide est trop épais, compléter avec du jus de tomate.

Servir glacé avec à part le reste des légumes: concombres, tomates, poivrons coupés en petits dés, que l'on met sur la table.

Carpaccio de poissons marinés à l'aneth

Préparation
15 mn
Se prépare à l'avance.

Pour 8 personnes
filets de poisson
(saumon, daurade
ou thon)
(100 à 150 g par
personne),
aneth frais,
huile d'olive,
citron vert,
sel, poivre

Acheter des filets de saumon frais, de daurade ou de thon coupés très fin. Parsemer d'aneth frais quelques heures à l'avance.

Préparer une marinade (huile d'olive, citron vert, aneth, sel et poivre) et ne la verser sur le poisson qu'un quart d'heure avant de servir pour que le citron ne décolore pas le thon ou le saumon.

Pêches Melba

Préparation
10 mn

Cuisson
15 mn

Pour 8 personnes
8 pêches,
70 g d'amandes
effilées,
1/2 l d'eau,
150 g de sucre,
5 cl de sirop de
groseille,
1/4 l de crème
fouettée,
1 dl de glace à la
vanille

Faire cuire 15 minutes les pêches entières dans l'eau et le sucre. Les éplucher et les laisser refroidir ; les couper en deux et enlever les noyaux. Servir sur la glace à la vanille.

Napper avec le sirop de groseille, saupoudrer avec les amandes effilées et décorer de crème fouettée.

On peut utiliser aussi des pêches en boîte. Ne pas prendre des pêches trop fermes (choisir la qualité espagnole ou française).

Délices d'été

Méchouia

Chaud-froid de volaille à l'estragon

Sabayon de fruits d'été

Méchouia

Préparation
20 à 25 mn

Pour 8 personnes
1 kg de poivrons,
1 kg de tomates,
2 piments verts,
thon en boîte,
ail,
persil,
sel, poivre,
huile d'olive,
citron

Griller des poivrons, des tomates et des piments verts ; enlever la peau.

Hacher et ajouter les miettes de thon, l'ail, le persil, le sel, le poivre, l'huile d'olive et le citron.

Se mange tiède ou froid.

Chaud-froid de volaille à l'estragon

Préparation
1 h 30

Cuisson
45 mn

Pour 8 personnes
8 blancs de poulet,
2 oignons,
2 poireaux,
4 verres de vin blanc,
1/2 l de bouillon
de volaille,
75 g de beurre,
75 g de farine,
1 sachet de gélatine
alimentaire,
poivre en grains,
sel,
bouquet garni,
une grosse
branche d'estragon

Faire fondre oignons et blancs de poireaux dans une sauteuse. Ajouter les blancs de poulet, 2 verres de vin blanc et 1/2 l de bouillon fait avec 1/2 tablette de bouillon de volaille. Faire cuire à couvert pendant une demi-heure. Réserver les blancs de poulet hors de leur jus de cuisson.

Pendant ce temps, faire réduire à feu doux un mélange de 2 verres de vin blanc, une poignée de poivre en grains moulu et l'estragon haché (garder quelques feuilles pour la décoration).

Dans une troisième casserole, mélanger le beurre fondu avec la farine. Délayer au fouet avec le bouillon.

Ajouter à cette sauce blanche le mélange de vin blanc, poivre, estragon, filtré à la passoire fine. Cuire doucement un quart d'heure à feu doux, voire un peu plus si la sauce semble trop liquide. Laisser tiédir.

Incorporer la gelée préparée à l'avance. Bien mélanger pour obtenir une préparation lisse. Saler, poivrer, on peut mettre une pincée de cumin ou de curry ou un jus de citron. Quand la sauce est froide, napper les blancs de poulet d'une épaisse couche. Décorer avec les feuilles d'estragon.

Servir frais. Ce plat peut être préparé très à l'avance, même la veille.

Sabayon de fruits d'été

Préparation
20 mn

Cuisson
3 à 4 mn

Pour 8 personnes
500 g de fraises,
100 g de framboises,
500 g de pêches,
15 jaunes d'œuf,
8 blancs d'œuf,
du sucre en poudre,
quelques cuillerées
d'eau de fleur
d'oranger,
champagne,
(glace à la framboise,
à la fraise ou
à la vanille)

Laver et couper les fraises et les pêches en tranches. Les égoutter et les mettre dans un grand plat allant au four, arroser d'eau de fleur d'oranger.

Casser les œufs, prendre les jaunes et les travailler jusqu'au blanchiment. Battre les blancs d'œuf en neige et les incorporer délicatement aux jaunes en ajoutant du sucre.

Recouvrir les fruits de cette crème, passer au four 3 à 4 minutes. Sortir et garnir de framboises. Servir chaud ou tiède avec une coupe de champagne.

Vous pouvez aussi ajouter une boule de glace à la framboise, ou à la fraise, ou même à la vanille.

Un air de fête

Mousse légère de saumon fumé

Côtelettes russes au cumin
& salade de pommes de terre

Œufs à la neige

Mousse légère
de saumon fumé

Préparation
40 mn

Pour 8 personnes
16 tranches fines de
saumon fumé
(environ 800 g),
300 g de crème
fraîche,
sel, poivre,
brins de ciboulette,
persil,
aneth ou estragon

Passer au mixeur la moitié des tranches de saumon fumé afin de les réduire en purée. Dans un saladier, fouetter cette purée avec 8 cuillerées à soupe de crème fraîche jusqu'à obtenir une pâte homogène.

Dans un autre saladier, monter le restant de crème avec un fouet et l'incorporer à la purée précédente jusqu'à former une mousse légère et rosée. Saler, poivrer.

Répartir la mousse sur les tranches de saumon restantes, en laissant les bords libres, puis replier la tranche comme pour un chausson. Les disposer sur un plat décoré avec les herbes.

Côtelettes russes au cumin & salade de pommes de terre

Préparation
15 mn + 10 mn

Cuisson
15 mn + 20 mn

Pour 8 personnes
1,4 kg de veau
haché fin
(quasi de veau),
2 oignons,
sel, poivre,
persil haché,
2 œufs,
8 biscottes,
cumin,
chapelure, huile,
beurre

Salade
pommes de terre
(environ 2 par
personne),
moutarde,
échalote
(ou ciboulette),
1 œuf,
1/2 verre de vin blanc

Faire revenir les oignons coupés finement. Dans un saladier, mettre la viande, saler, poivrer, ajouter le persil (copieusement), les 2 œufs. Bien mélanger, ajouter les biscottes préalablement trempées dans de l'eau, puis les oignons.

Faire des boulettes de bonne taille, les parfumer au cumin (au goût). Les rouler dans la chapelure. Dans une cocotte, faire dorer les boulettes dans un mélange d'huile et de beurre, puis couvrir la cocotte et les faire cuire à feu très doux environ 15 minutes.

Laisser refroidir. Accompagner d'une salade de pommes de terre.

Salade de pommes de terre

Pour qu'elles soient moelleuses, assaisonner les pommes de terre quand elles sont encore tièdes, presque chaudes (les cuire à la vapeur 20 à 30 minutes).

Préparer une vinaigrette très chargée en vinaigre et moutarde, avec de l'échalote finement hachée (ou de la ciboulette), l'œuf entier et le vin blanc.

La verser sur les pommes de terre. Remuer doucement avec une cuillère en bois, sans trop insister.

Laisser la salade reposer et s'imprégner sous un torchon, à température ambiante.

Œufs à la neige

Préparation
20 mn

Cuisson
3 à 4 mn + 2 mn

Repos au réfrigérateur
I ou 2 h

Pour 8 personnes
I l de lait,
6 cuillerées à soupe
de sucre en poudre,
8 œufs,
I gousse de vanille,
sel

Il vaut mieux commencer par la crème pour qu'elle ait le temps de refroidir.

Faire bouillir le lait avec la vanille. Séparer les blancs des jaunes d'œuf. Mélanger les jaunes avec la moitié du sucre en poudre en fouettant le tout. Y ajouter petit à petit le lait refroidi.

Remettre le tout dans la casserole et faire cuire à feu doux au bain-marie en tournant sans cesse 3 à 4 minutes sans laisser bouillir. Retirer du feu. Laisser refroidir.

Battre les blancs en neige très ferme avec une pincée de sel pour qu'ils ne retombent pas, ajouter le reste de sucre et mélanger avec précaution.

En même temps, faire bouillir 2 l d'eau dans une grande casserole. Avec une cuillère à soupe, former des boules de blancs en neige que l'on dépose dans l'eau bouillante. Faire cuire une minute et retourner, faire cuire alors une autre minute.

Les égoutter sur un linge propre et les disposer dans la jatte de crème. On peut napper les blancs d'un caramel. Mettre ensuite au réfrigérateur pendant une heure ou deux.

À l'avance

Œufs pochés & compote
de tomates glacée

Veau en gelée à l'estragon

Ratatouille

Soupe de fraises à la menthe

Œufs pochés & compote de tomates glacée

Préparation
10 mn + 10 mn

Cuisson
3 mn + 20 mn

Repos au réfrigérateur
au moins 1 h

Pour 8 personnes
16 œufs

compote
2 ou 3 oignons,
6 à 8 tomates fraîches
ou en boîte (1 kg),
thym et basilic frais,
4 cuillerées de vinaigre,
huile d'olive,
sel, poivre,
ail,
1 sucre

Faire bouillir 3 l d'eau avec 3 cuillerées de vinaigre.

Casser les œufs un par un dans une louche ou dans une tasse.

Verser doucement blanc et jaune dans l'eau vinaigrée, ou tremper carrément la tasse dans l'eau et la retourner prestement (cela évite au blanc de s'effilocher).

Laisser frémir 3 minutes 1/2 à feu doux. Retirer les œufs pochés avec une écumoire et les déposer dans un plat recouvert d'un torchon pour qu'ils s'égouttent bien.

Compote de tomates glacée

Faire ramollir à feu doux les oignons dans une sauteuse à couvert, avec un verre d'eau. Lorsqu'ils sont blanchis et tendres et que l'eau s'est évaporée, ajouter 2 cuillerées d'huile d'olive, remuer, chauffer.

Ajouter les tomates fraîches épluchées et épépinées ou en boîte, sel, poivre, ail (passé au presse-ail), puis le thym et le basilic frais haché, 1 cuillerée de vinaigre, 1 sucre.

Laisser cuire 20 minutes à feu très doux et à demi couvert (après 10 minutes de cuisson, écraser légèrement les tomates à la fourchette).

Laisser refroidir et mettre au réfrigérateur.

Si on souhaite une sauce tomate plutôt qu'une compote, ajouter 1/4 l de bouillon de bœuf en cours de cuisson, et passer au presse-légumes en fin de cuisson.

Veau en gelée à l'estragon

À préparer la veille

Préparation
15 mn

Cuisson
3 h

Pour 8 personnes
1,5 kg de veau pris
dans la noix pâtissière,
1 pied de veau scié
et désossé,
estragon,
persil,
cerfeuil et
échalotes hachés,
poivre et sel,
1/2 l de vin blanc
très sec,
1 verre à liqueur
de vermouth
(ou vin de Jerez)

Couper la viande crue en tranches fines. Au fond d'une terrine, disposer des feuilles d'estragon. Espacer les morceaux de viande, saupoudrer d'un mélange de persil, d'estragon, de cerfeuil et d'échalotes hachés, poivre et sel.

Ajouter une nouvelle couche de viande, arroser avec le vin blanc et le vermouth ou le vin de Jerez. Placer sur le dessus le pied de veau scié et désossé.

Faire cuire au four à feu doux dans une terrine couverte pendant 3 heures Enlever le pied de veau. Laisser refroidir. Mettre la terrine au réfrigérateur toute la nuit.

Le lendemain, démouler la terrine en la déposant quelques minutes dans un plat rempli d'eau chaude pour décoller le dessous. Servir avec une ratatouille froide (voir ci-contre).

Ratatouille

Préparation
25 mn

Cuisson
1 h 30

Pour 8 personnes
3 oignons,
3 poivrons rouges,
2 aubergines,
1 kg de courgettes,
3 tomates,
huile d'arachide,
ail,
persil,
laurier,
sel, poivre,
1 piment rouge sec,
1 branche de basilic

Dans une grande sauteuse, faire revenir les oignons dans 3 cuillerées à soupe d'huile d'arachide.

Éplucher les poivrons rouges en lamelles longues, découpées ensuite en petits carrés, sans enlever la peau. Faire revenir légèrement à feu doux. Pendant ce temps, peler les aubergines et les courgettes.

Couper en morceaux moyens. Faire revenir comme précédemment.

Ajouter sel, poivre, laurier, persil, ail pressé (l'ail ne doit pas revenir, mais être ajouté lorsque les légumes sont déjà en cours de cuisson), piment et basilic.

Ajouter alors les tomates pelées coupées en petits morceaux (on les aura pressées pour enlever l'eau).

Couvrir et laisser mijoter tout doucement pendant 1 h 30. Puis laisser refroidir.

Soupe de fraises à la menthe

Préparation
5 mn

Pour 8 personnes
1 bon kilo de fraises,
2 oranges,
gin ou cointreau,
feuilles de menthe,
sucre

Rincer les fraises sous l'eau sans enlever les queues. Les équeuter et les couper, en deux ou en quatre.

Verser le jus des deux oranges pressées, quelques gouttes de gin ou de cointreau et parsemer de feuilles de menthe. Ce mélange peut être préparé une journée à l'avance. Sucrer au moment de servir.

Soirée d'hiver

Œufs brouillés aux crevettes

Pot-au-feu

Flan aux poires

Œufs brouillés aux crevettes

Préparation
10 mn

Cuisson
5 mn

Pour 8 personnes
12 œufs,
50 g de beurre,
1 dl de lait,
600 g de crevettes
décortiquées
(surgelées ou fraîches),
poivre, sel,
coriandre fraîche,
persil

Battre les œufs avec un peu de lait, une pincée de sel, poivre. Dans une casserole placée au bain-marie, faire fondre le beurre coupé en cubes. Ajouter les œufs.

Tourner avec une cuillère en bois jusqu'à ce qu'ils prennent de la consistance. Ajouter les crevettes décortiquées préalablement sautées à la poêle avec sel et poivre, éventuellement un peu de coriandre.

Retirer du feu avant que le mélange ne soit trop ferme (les œufs continuent à cuire tant qu'ils sont dans la casserole, même hors du feu).

Servir sur – ou avec – un toast, saupoudré de persil ou de coriandre coupés fin.

Pot-au-feu

Préparation
Au moins 45 mn

Cuisson
Au moins 3 h

Pour 8 personnes
2,5 kg de viande
(paleron, plat de côtes
et gîte de bœuf et
jarret de veau),
2 cubes de bouillon
de pot-au-feu,
8 os à moelle,
5 oignons,
clous de girofle,
bouquet garni,
gros sel et poivre,
15 carottes,
12 poireaux,
1 bonne livre
de navets,
éventuellement céleri
en branche ou
rave si on l'aime,
pommes de terre

Dans une marmite d'eau froide, faire cuire la viande de bœuf avec les navets et les carottes épluchés, le gros sel, le poivre, les oignons piqués de clous de girofle, le bouquet garni et les cubes de bouillon de pot-au-feu. Au bout d'1/2 h ajouter le jarret de veau, les poireaux liés par une petite ficelle et le céleri. Laisser cuire au minimum 3 heures à feu moyen. Le mieux est de faire cuire le pot-au-feu la veille ou le matin et de le réchauffer avant le dîner.

Écumer à plusieurs reprises. Faire cuire 5 minutes à la vapeur les os à moelle enveloppés dans du papier d'aluminium.

Accompagner de pommes de terre. Cuites (entre 20 et 30 minutes) dans le bouillon du pot-au-feu filtré dans une passoire très fine, elles seront plus moelleuses et auront meilleur goût.

La viande est servie découpée dans un grand plat, entourée de ses légumes. Présenter les pommes de terre à part, et placer une tasse de bouillon à côté de chaque assiette. Ne pas oublier de mettre sur la table du gros sel, la moutarde, des cornichons et de petits oignons blancs.

Flan aux poires

Préparation
15 mn

Cuisson
45 mn

Pour 8 personnes
8 poires fraîches
(ou au sirop),
3 œufs,
150 g de sucre
cristallisé,
100 g de farine,
1/2 l de lait

Bien beurrer un plat allant au four. Y ranger les demi-poires.

Les couvrir de la préparation suivante : œufs, sucre cristallisé, farine, lait soigneusement battus.

Cuire à four moyen pendant 45 minutes.

Tout croquant

Toasts aux champignons

Viande des Grisons sur lit d'endives

Crumble

Toasts aux champignons

Préparation
20 mn

Cuisson
10 à 15 mn

Pour 8 personnes
500 g de champignons
de Paris,
sauce béchamel
(faite sur la base
d'1/2 l de lait),
noix de muscade,
1 citron,
beurre,
sel, poivre,
toasts,
salade verte

Laver les champignons, les débarrasser de la partie dure des pieds.

Les couper en petits morceaux (on peut aussi les passer au mixeur). Faire fondre le beurre, y jeter les champignons. Remuer rapidement en ajoutant le jus du citron, sel et poivre. Faire cuire une dizaine de minutes à feu doux.

Mélanger à la sauce béchamel parfumée avec de la noix de muscade. Bien poivrer et servir sur des toasts grillés et beurrés.

Accompagner d'une salade verte.

Viande des Grisons sur lit d'endives

Préparation
15 mn

Pour 8 personnes
8 endives,
35 tranches de viande
des Grisons très fines,
huile d'olive,
vinaigre balsamique

Couper les endives en fines lamelles dans le sens de la longueur, les disposer en forme d'étoile dans un plat rond (en coupant le bout dur pour ne garder que les feuilles).

Déposer par-dessus des tranches de viande des Grisons (au moins 4 par convive).

Arroser avant de passer à table d'une vinaigrette à l'huile d'olive et au vinaigre balsamique.

Crumble

Préparation
20 mn

Cuisson
15 mn + 30 à 40 mn

Pour 8 personnes
2 kg de pommes
(Granny Smith),
300 g de mûres
(ou framboises),
100 g de sucre,
1 cuillerée à soupe
de jus de citron,
1/2 zeste de citron,
calvados,
crème fraîche

Pâte
100 g de farine,
1 sachet
de sucre vanillé,
200 g de sucre,
100 g de beurre,
100 g d'amandes
en poudre,
cannelle

Couper les pommes en quartiers. Les faire cuire doucement dans un fond d'eau avec le sucre et le zeste râpé et le jus de citron pendant 15 minutes.

Flamber les pommes au calvados.

Travailler à la fourchette les ingrédients de la pâte jusqu'à la consistance d'une grosse chapelure.

Verser les mûres (ou framboises) dans un plat à tarte ou à gratin beurré. Placer les pommes au-dessus. Saupoudrer avec la pâte.

Cuire à four chaud (180°) pendant 30 à 40 minutes. Servir tiède avec de la crème fraîche.

Index des ingrédients

Les petits trucs de la cuisine au quotidien

• **Bouquet garni :** combinaison de base : thym, laurier et persil attachés ensemble avec de la ficelle de cuisine pour les retirer plus facilement après cuisson.

Pour accommoder le veau, ajouter du romarin, pour le porc, de la sauge, pour le poisson, du fenouil, pour les plats épicés, de la coriandre (en petite quantité) ou du cerfeuil, pour les volailles, de l'estragon.

• **Pour éplucher les oignons** sans pleurer, les peler sous un robinet d'eau froide (ou dans un saladier d'eau froide).

• **Pour peler les tomates**, les tremper 1 minute dans l'eau bouillante, la peau s'enlèvera très facilement.

• **Pour écaler les œufs durs**, les plonger dans l'eau froide quand ils sont encore chauds.

• **Pour hacher le persil** (ou basilic, cerfeuil, estragon), le mettre dans un verre à moutarde à fond plat. Introduire la pointe des ciseaux et les actionner jusqu'à ce que le hachis soit aussi fin que désiré.

• **Pour délayer un jaune d'œuf** à incorporer dans une soupe ou un bouillon : séparer le jaune du blanc. Mettre le jaune dans une tasse. Le mélanger avec une louche de soupe ou de bouillon que l'on aura préalablement laissé tiédir. Sinon le jaune cuit et se convertit en filaments coagulés.

• **L'ail ne doit jamais revenir** avec l'huile et l'oignon. Il faut l'ajouter en le pressant lorsque le plat dans son ensemble commence à cuire.

• **Pour faire tenir les blancs d'œuf montés en neige**, ajouter une pincée de sel.

• **Cuisson des pâtes :** les Italiens ont un truc imparable. Au moment où l'on met les pâtes dans l'eau, celle-ci arrête de bouillir. Lorsque l'ébullition reprend, arrêter le feu, mettre un torchon sur le dessus de la marmite et le maintenir avec un couvercle, de manière que la vapeur ne puisse plus du tout sortir. Dix minutes plus tard, les pâtes sont cuites à point. Elles peuvent rester ainsi pendant au moins une heure, ce qui permet de les maintenir bien chaudes sans qu'elles cuisent davantage. Très pratique pour le service.

• **Cuisson du riz :** le riz est souvent trop cuit ou pas assez. Quand il est collant, c'est encore plus désagréable.

Pour être sûr de ne pas le rater, le mieux est d'utiliser une marmite électrique à cuire le riz (on les trouve dans tous les magasins asiatiques). Lorsque le riz est cuit, elle s'arrête automatiquement et le maintient au chaud pendant plusieurs heures. C'est évidemment beaucoup plus pratique que de le cuire, le rincer et le repasser au four pour le chauffer.

On peut aussi utiliser une boule de riz chinoise ; elle ressemble à une boule à thé modèle géant. La plonger dans l'eau bouillante pendant dix minutes. Le riz s'égoutte tout seul lorsqu'on sort la boule de l'eau. C'est un peu le principe du conditionnement en sachets à plonger dans l'eau que proposent certaines marques. Avec l'avantage que le riz est formé en dôme lorsqu'on le sort de sa boule.

• **Cuisson des endives :** mettre un jus de citron pour empêcher le beurre de noircir et les endives de devenir amères. Le jus de citron peut s'utiliser aussi pour empêcher un beurre de noircir lorsqu'on cuit du poisson ou des escalopes panées.

• **Faire du caramel :** mettre une noisette de beurre au fond du moule. Ajouter dix morceaux de sucre, avec une cuillerée à café d'eau. Mettre le moule sur le feu, à feu doux. Surveiller de près. Le caramel doit blondir mais surtout ne pas durcir. Retirer le moule du feu. Verser presque aussitôt au fond du récipient destinataire.

• **Crèmes sucrées :** si l'on est pressé et qu'on ne peut pas attendre que le lait refroidisse pour ajouter les jaunes d'œufs, en prélever une ou deux louches. Les mettre à refroidir dans un récipient. Bien délayer les œufs avec le lait de ce récipient. On peut ensuite rajouter le reste du lait encore chaud. Une fois délayés, les œufs ne coagulent plus. Sinon ils cuisent sous l'effet de la chaleur et la crème « brousse ».

On peut « rattraper » une crème en la mettant dans une bouteille ou un thermos bien fermés et en la secouant énergiquement.

• **Pour démouler un plat (en gelée ou au caramel) :** plonger le fond du moule dans de l'eau tiède pour la gelée, chaude pour le caramel. Passer la lame d'un couteau entre la paroi du moule et la préparation.

683

Composition PCA – 44400 Rezé
Achevé d'imprimer en Allemagne (Pössneck) par GGP
en février 2005 pour le compte de E.J.L.
84, rue de Grenelle, 75007 Paris
Dépôt légal février 2005

Diffusion France et étranger : Flammarion